遇见世界上最美的童话·手绘版

美女与野兽

［法］博蒙夫人 / 原著
［韩］宋俊植 / 改编
［韩］金喜秀 / 绘
　　　金　澜 / 译

北京理工大学出版社
BEIJING INSTITUTE OF TECHNOLOGY PRESS

从前,有一个非常有钱的商人,他有三个女儿。

一次台风夺去了商人所有的财富,他只剩下离城很远的乡村的一间小房子。

商人带着三个女儿来到乡村的小房子。

两个姐姐不停地抱怨，只有小女儿贝儿一边安慰父亲，一边帮着做家务。

有一天，商人收到了一封信。信中通知他说，他的一船货物已经顺利运到。

"你们想要什么礼物？回来的路上带给你们。"父亲动身前问三个女儿。

"我想要美丽的宝石。"

"我想要漂亮的裙子和皮鞋。"

姐姐们都要了价格不菲的礼物。

"贝儿，你想要什么？"

"您就在回来的路上，给我摘一枝玫瑰花吧。"

当商人到达港口后,"上帝,怎么会这样?"

船上的货物被雨打湿,全都变成无用之物,商人大失所望。

回来的路上,天空飘着鹅毛大雪,商人迷了路。走着走着,商人看到一座金碧辉煌的宫殿。他走进宫殿。宫殿的庭院里开满了鲜花。

商人想起贝儿,顺手摘了一朵美丽的玫瑰花。
"谁敢摘我的花?"
可怕的野兽向他走来。商人苦苦哀求野兽,请求他的原谅。

"你刚才说摘花是为了给你的女儿,那么让你的女儿来这里陪我生活,我就饶了你的性命。"

商人回到家里,把玫瑰递给贝儿。想起野兽的话,他不停地流眼泪。

"父亲,我去找野兽,请求他的原谅。"贝儿说。
商人试图阻止贝儿,但是无济于事。

贝儿来到野兽的城堡。城堡里摆放着各种为贝儿准备的生活必需品。

贝儿坐到餐桌前,野兽也坐了过来。

"天啊！"贝儿一见野兽的可怕模样，不禁浑身打颤。

"如果吓到你，请原谅。"野兽郑重地向贝儿道歉。

就这样,过了很长一段时间。野兽对贝儿一直很好。

一天,野兽向贝儿求婚:"贝儿,嫁给我吧!"

虽说贝儿不再害怕野兽,但是看到他的脸,实在不愿意和他结婚。

贝儿非常挂念父亲。在贝儿的哀求下，野兽终于答应贝儿回趟家。

"好吧。明天早上你就动身。但是你不要忘记七天以后一定要回来，不然我会死掉。"野兽递给贝儿一枚戒指，"戴上这个戒指，你就能回家了。要回来的时候，只要戴上戒指说'回来'就可以。"

"我的贝儿回来了。"

自从贝儿去了野兽那里,商人伤心欲绝。看到贝儿,商人心情好了一些。姐姐们看到贝儿穿着华丽,非常嫉妒。

几天后,贝儿和野兽约定的时间到了。姐姐们故作关心地说道:"贝儿,你知道我们有多想你吗?为了爸爸你也要多待些日子呀。"

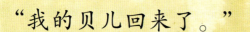

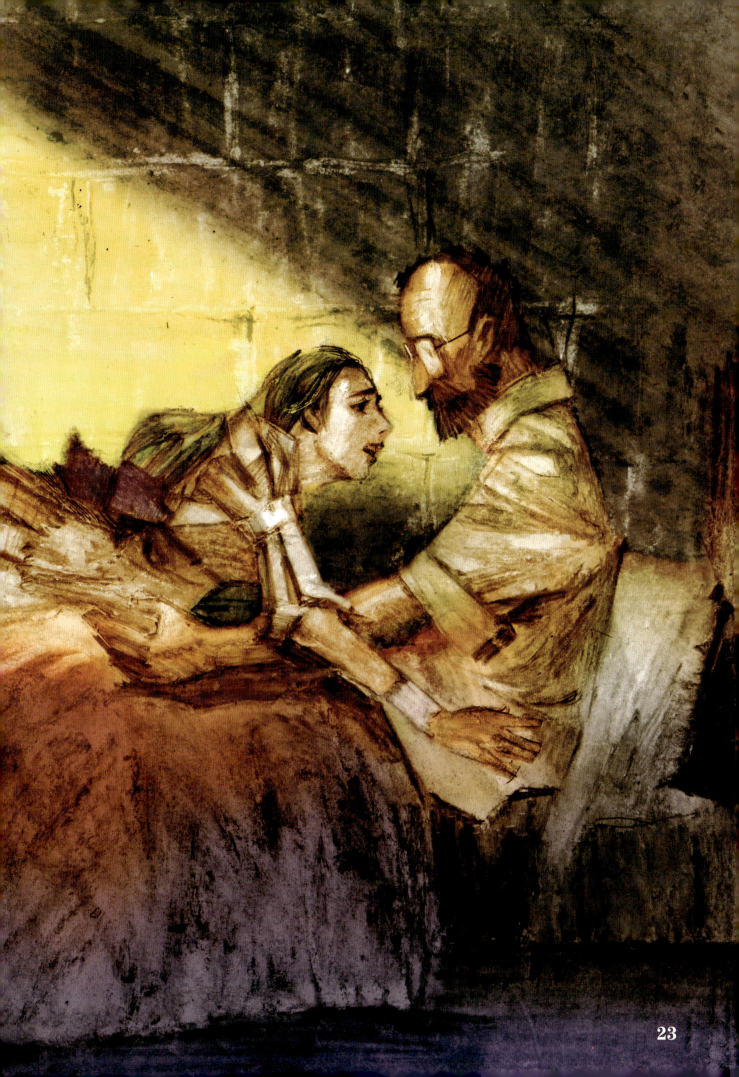

七天之后，贝儿没有回城堡，野兽渐渐衰弱。

晚上，贝儿做了一个梦，梦见野兽昏倒在地上。贝儿流着眼泪，醒了过来。

"我失约了！"

"我要赶快回去。"贝儿戴上戒指喊道。瞬间,贝儿回到了城堡。

就像梦里一样,野兽晕倒在地上。贝儿流下了眼泪。她抱着野兽喊道:"你不能死。我爱你,我要和你结婚。"

贝儿话音刚落,一道彩光包围了野兽。过了一会儿,野兽躺着的地方出现了一个王子。

"怎么回事?你是?"

"我原本是个王子。因为你的爱,我身上的魔咒被解除了。"